Para mis
amigas y amigos
Espero que todos los hagan
deseos y sueños se
Realidad

Hank Mi Brither
2013

A mi difunta esposa Karen y a Susan, las dos mujeres en mi vida que me dieron inspiración, motivación y sobre todo su amor. Con su apoyo surgió este cuento. Deseo agradecer a mis hijos, nietos y bisnietos por su paciencia y amor mientras escuchaban los cuentos antes de dormir del -Abuelito- Bricker una y otra vez.

El autor, -Abuelito- Bricker es sólo un abuelo al que le gusta contarles cuentos a sus hijos, nietos, y ahora a sus bisnietos, y los ha oído preguntar abiertamente sus dudas al ver a tantos Santas en todos lados sin su barba. Durante una época navideña, H. Michael Bricker llevó a su nieto Sean a visitar a Santa a un centro comercial. Sean vio a Santa ponerse su barba y dijo, -¡Mira Abuelito, este Santa no es real, ni siquiera tiene una barba real!-, y de esta manera nació la idea para *La Navidad en la que Santa Claus no tenía barba*.

Leeremos las aventuras por las que pasa Santa después de que pierde su barba. Este Santa, no tan feliz, se preguntará: -¿Una barba me hace diferente?, ¿voy a tener un problema como éste toda la noche?-.

Los niños que lean esta historia averiguarán por qué Santa pierde su barba, los problemas que resultan y el final sorprendente.

La Navidad en la que Santa Claus no tenía barba ayudará a restablecer la leyenda mágica de la imagen de Santa en cada niño. Esta historia está destinada a ser uno de los grandes clásicos de Navidad de todos los tiempos y será contada y recontada de generación en generación.

El Ilustrador, John Dall, ha dicho: -Si puedo sentirlo . . . puedo crearlo-. Los dibujos artísticos de John Dall hacen que esta historia se vuelva aún más viva. John es un artista Indio-Americano que vive en Chicago y es un participante activo en los asuntos de la tribu de Indios-Americanos Ho-Chunk. Es un ilustrador independiente, cuyos trabajos han aparecido en el libro de Tom Catlalano *Tall Tales, And Short Stories, Brother Edwin, y The Carrier*.

La Diseñadora del libro, Qi -Mary- Meng es una experimentada programadora de web y diseñadora de revistas originaria de Shangai, China. Su creatividad en el diseño de *La Navidad en la que Santa Claus no tenía barba* ha mejorado sustancialmente tanto la escritura como las ilustraciones de este trabajo.

Traducción al español por Ana Facio Krajcer. Un agradecimiento especial a Dennis, Dave, Halina, Judy, Ingrid, Bob, Rick Hall, Kathy y Michael Bricker.

La Navidad en la que Santa Claus no tenía barba

H.M. -Abuelito- Bricker

Ilustrado por John Dall

Era la noche antes de Navidad y en la villa cubierta de nieve de Santa todos estaban ocupados, incluyendo el ratón. Los duendes estaban trabajando con alegría, envolviendo regalos y dando los toques finales a los juegos, libros y a todos los juguetes que un niño pudiera desear.

Afuera, Santa estaba revisando las riendas y arreos de todos los trineos. A través de los años, Santa había necesitado añadir más trineos porque ahora hay muchos más niños que los que había hace cientos de años. Conforme iba terminando, Santa besaba y abrazaba a cada reno antes de irse a su casa.

Una vez adentro, el aroma de galletas de Navidad recién horneadas llenaba el ambiente. Un cálido fuego crujía en la chimenea y calcetines navideños colgaban del manto. Sí, también había un árbol de Navidad con luces brillantes y adornos hechos en casa decorados en un estilo antiguo.

Las mejillas de Santa permanecían rojas por el aire frío del invierno. Su pelo largo y blanco le cubría los hombros. Sus ojos brillaban como las luces del árbol de Navidad y su barba espesa y muy larga le llegaba hasta el cinturón.

La señora Claus se mecía en su silla de atrás hacia adelante remendando el abrigo rojo de Santa. Santa estaba ocupado revisando sus listas para asegurarse que ningún pequeñín en todo el mundo fuera olvidado. Santa alzó la vista y exclamó orgullosamente: -Sí, creo que no olvidamos a ningún niño-.

-Oh Nicolás, hay una cosa que se te olvidó hacer-, le dijo la señora Claus: -Mírate cuidadosamente. Realmente necesitas que te emparejen el pelo y la barba. Te haré una cita con Baldy, el duende barbero-.

Santa caminó hacia el espejo, se talló su larga
barba y asintió con la cabeza. Justo entonces ellos
oyeron un toquido en la puerta.

La señora Claus exclamó: -Adelante-.

Speedy, el duende mensajero, entró. Riendo y con una sonrisa se quitó el sombrero navideño, hizo una caravana y dijo: -Baldy, el barbero del Polo Norte está esperándote Santa. Él dijo que estás retrasado cuatro meses. Hmm, mirando tu barba yo diría cinco-.

-Tienes razón, realmente necesito una emparejada-, dijo Santa conforme se dirigía a la puerta. Santa caminó rápidamente a la barbería.

Cuando abrió la puerta, lo saludó el sonido de pequeñas campanitas.

-Feliz Navidad Baldy-, le dijo Santa alegremente.

-Tonterías-, refunfuñó Baldy. -Ahórrate toda esa plática navideña. Yo no creo en esas historias de escribirle a Santa para que se te cumplan tus deseos. Yo he sido calvo desde que era niño y te escribí año tras año pidiéndote cabello. Cada Navidad recibía solamente juguetes y regalos pero ni un pelo. Mira Santa, ¿ves algún cabello en la parte de arriba de mi cabeza?-.

-Mi buen amigo, nunca me mencionaste esto antes. Quizás mis ayudantes lo pasaron por alto porque el cabello no es ni un juguete ni un juego. Después de todo, no se puede envolver como un regalo-, Santa contestó.

-Nada de eso tiene sentido. Pasemos a los asuntos de la barbería, ¿cómo quieres que te corte el pelo y que te empareje la barba?, ¿largo?, ¿corto?, ¿rasurado?-, preguntó Baldy. Con sus tijeras en mano, el barbero continuó: -¡Eh!, ¿qué tal un estilo nuevo y moderno para cambiar?-.

   -Sí, sí, nosotros queremos que todos estén contentos-, murmuró Santa, pensando solamente en la decepción del cabello de Baldy. Santa bostezó y se relajó en la silla del barbero quedándose dormido inmediatamente. Mientras Santa dormía, el duende afanosamente cortaba el pelo largo de Santa.

Baldy brincó a la panza de Santa y comenzó a cortarle su larga barba. Le recortó un poco aquí y otro poco allá.

Baldy dio un paso atrás y examinó su trabajo. Movió la cabeza y continuó emparejando y cortando la barba de Santa.

Justo cuando terminaba Baldy, Santa comenzó a despertarse. Santa abrió los ojos y repentinamente sintió algo frío y extraño a través de su cara. Los ojos de Santa recorrieron el piso alrededor de la silla del barbero. El vio montones y montones de cabello blanco. Lentamente, Santa se miró en el espejo, se quedó boquiabierto y gritó:

-¡OH, CIELOS! ¡SANTA NO TIENE BARBA!-.

Impresionado, Santa no podía dejar de mirarse sin barba en el espejo. Pasando sus manos sobre su cara lisa sin barba, Santa dijo: -Baldy, si tú realmente quieres pelo esta Navidad, lo tendrás, esa es una promesa-.

El duende sonrió burlonamente y contestó, -Mientras tú estabas dormido, yo pensaba en lo que mi vida sería si tuviera pelo. En primer lugar, mi barbería se llamaría 'Hairy's' y no 'Baldy's Barbería del Polo Norte'. Mi pequeña niña gritaría si viera a su papá con el pelo largo. Todo el mundo se confundiría. Algunas veces las cosas que deseamos resultan no ser tan importantes después de todo-.

-Eso es muy cierto, veamos lo que la señora Claus y los duendes piensan de mi imagen nueva y moderna. Gracias y que tengas una feliz Navidad Baldy-, dijo Santa mientras caminaba fuera de la barbería.

Mientras caminaba para alimentar a los renos, Santa se apresuró a pasar por el Taller del Polo Norte. Los renos estaban jugando y al ver a este hombre sin barba, inmediatamente dejaron de moverse y permanecieron como estatuas congeladas en la nieve.

Santa intentó acariciar la cabeza de los renos y éstos retrocedieron con cautela muy confundidos. La villa entera de repente se quedó en silencio, incluso los duendes dejaron de cantar, charlar y reír.

Entonces Santa escuchó una voz detrás de él gritándole: -Oiga, ¿qué está usted haciendo?, ¿por qué está molestando a los renos de Santa en la víspera de Navidad?-.

Sorprendido, Santa rápidamente volteó y ahí estaba Pepe, gerente de las operaciones de los juguetes y de todos los duendes del Taller del Polo Norte, mirándolo con enojo.

-¡Hola amigos. Soy yo, Santa Claus! ¡Caramba, Bigotes! ¿Ni siquiera tú me reconoces?-.

En ese preciso momento, sintió algo frío en su mejilla. Era la húmeda nariz roja de un reno frotándose contra su cara.

-¡Jo, jo, jo! ¿Tampoco tú me reconoces?-, rió Santa.

-Ves, sin tu barba nadie nunca te va a creer que eres el verdadero Santa Claus-, Pepe comentó.

-¡Sí, sí!-, los duendes gritaron todos de acuerdo.

Al escuchar el ruido de afuera, la señora Claus abrió la puerta de la entrada y salió al portón.

-¿Ha visto alguien a Santa por aquí?-, ella preguntó.

-Sí, ciertamente lo he visto y yo estoy exactamente aquí-, contestó Santa. Santa se volteó y miró a su esposa.

-¡Oh Dios mío!-, ella exclamó: -De todos los días, ¿por qué tuviste que escoger hoy para quitarte la barba?-.

Una vez más, Santa explicó lo que había sucedido en la barbería de Baldy. Santa se quedó afuera muy ocupado dirigiendo a los duendes mientras cargaban los regalos a lo largo y a lo ancho de los trineos. Incluso vieron a Baldy apilando regalos para el viaje de Santa. Los duendes se alinearon en la carretera agitando sus lámparas.

-¡Todo listo Santa!-, gritó uno de los duendes.

-¡Jo, jo, jo!-, rió Santa, -ahora estamos listos para partir-.

En poco tiempo, Santa visitó cientos y cientos de casas, mordisqueando todo tipo de galletas. Todo iba de acuerdo a lo planeado y sin problema. Finalmente el trineo aterrizó en la azotea de una casa, Santa le murmuró a su reno, -esta vez yo voy a traerte algunas golosinas también-; y en un abrir y cerrar de ojos, Santa desapareció por la chimenea colocando regalos alrededor del árbol y llenando los calcetines con dulces. Entonces tomó un vaso de leche y estaba tratando de decidir cuál de las galletas debería comer y cuando finalmente seleccionó una enorme galleta y estaba a punto de ponerla en su boca.

-¡Alto! ¡Eh!, ¿qué estás haciendo con las galletas y la leche de Santa?-.

Asustado, él volteó y miró a través del cuarto. Viéndolo a él estaban tres muchachos muy enojados.

-¿Qué pasa? ¡Soy Santa! Tú debes ser Nathan porque eres el mayor-, él dijo con una dulce sonrisa.

-Vamos, tú eres un impostor pretendiendo ser Santa-, dijo Sean, el siguiente niño más alto.

-Sí, Santa tiene barba y tú no-, añadió el más pequeño.

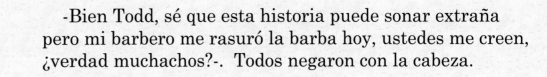

-Bien Todd, sé que esta historia puede sonar extraña pero mi barbero me rasuró la barba hoy, ustedes me creen, ¿verdad muchachos?-. Todos negaron con la cabeza.

-¡De ninguna manera!, te crees muy listo pero nuestros nombres están en todos los calcetines-. Nathan contestó astutamente.

Los niños estallaron en risas, y sin dejar de reír, Sean dijo: -Ya que es Navidad, nosotros creemos que deberías tomar un bocado-.

Entonces Todd dijo muy firmemente: -Sí, sólo tendremos que ir a la cocina por más galletas y leche. Debemos tener todo listo para el VERDADERO Santa Claus, ¿sabes? el que tiene barba-.

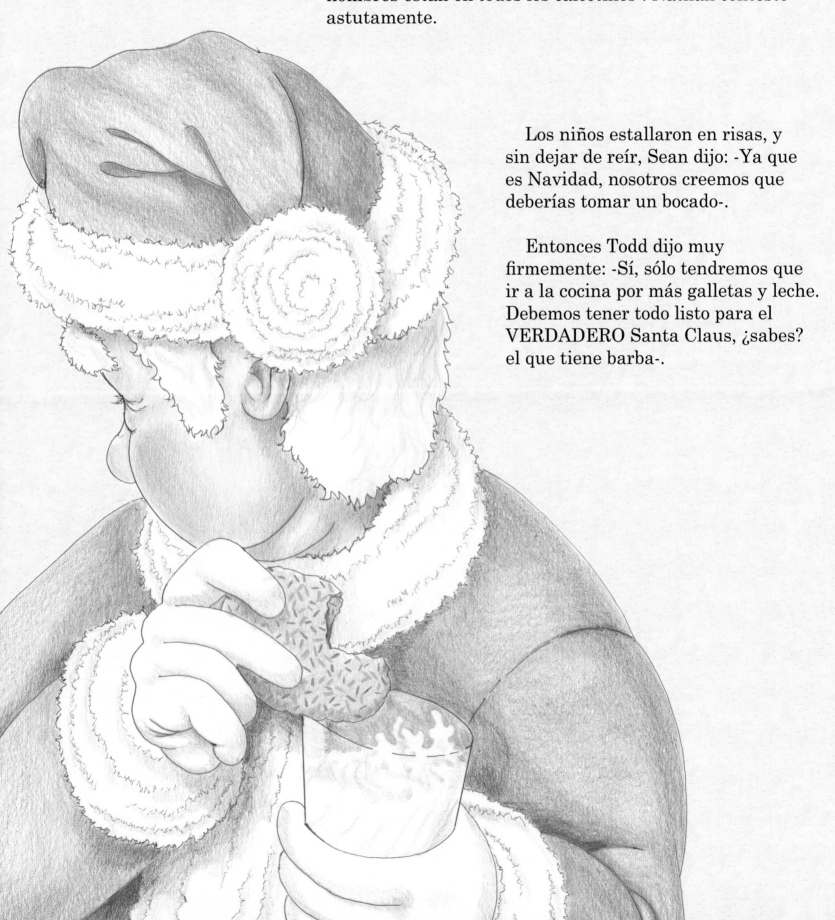

Cuando los muchachos regresaron al cuarto con más galletas y leche, el Santa sin barba se había ido. Ellos encontraron sus regalos debajo del árbol y sus calcetines llenos de dulces. Entonces oyeron el ruido de los cascos en la azotea y el sonar de las campanas. Cuando miraron por la ventana, ellos vieron el trineo de Santa en el aire. Ellos también vieron a Santa sosteniendo las riendas.

-Ahí va Santa-, ellos gritaron. -Y miren, ¡no tiene barba!-.

Mientras el trineo de Santa volaba por el cielo, él estaba aún desconcertado de su encuentro con estos muchachos.

El no tan feliz Santa se preguntaba: -¿Una barba me hace diferente?, ¿voy a tener problemas como éste toda la noche?-.

En su siguiente parada, Santa rápidamente bajó por la chimenea y se asomó muy cautelosamente al cuarto. Corrió hacia el árbol de Navidad, aventó los regalos y apresuradamente metió los dulces en los calcetines. Santa, escuchando algo detrás de él, volteó muy lentamente. De repente, el silencio de la noche se quebrantó.

Una pequeña niña, asustada con los ojos muy abiertos comenzó a llorar fuertemente: -¡Mami!, ¡papi!, ¡despierten!, ¡despierten!, ¡hay un hombre robando nuestros regalos de Navidad!, ¡por favor, apúrense!-.

Santa comenzó a acercarse y a calmarla, y suavemente le dijo: -Oh, Olivia, yo…-, Santa nunca pudo terminar la oración, arriba en las escaleras, él oyó a las hermanas de Olivia ordenándole atacar al perro que ladraba. Entonces oyó al padre decir: -¡Traeré mi escopeta!-.

Rápidamente, por las escaleras bajó el perro gruñendo con el Padre siguiéndole muy de cerca. Santa corrió hacia la chimenea con el perro mordiéndole la parte trasera de sus pantalones rojos. Al llegar a la chimenea, Santa volteó y vio al padre con una escopeta y al perro con un trozo de los pantalones rojos en su boca.

-¡Feliz Navidad a todos!-, Santa gritó y él desapareció por la chimenea.

Por primera vez en la historia de Navidad, Santa dudó en hacer su siguiente entrega. Lenta y tristemente bajó de su trineo. -Sin mi barba nadie nunca creerá que Yo soy el verdadero Santa Claus, oh, como desearía tener una barba para Navidad-, se lamentó en voz alta.

De repente, un regalo que estaba recargado en el asiento delantero del trineo comenzó a brillar. Debe ser parte de esa magia especial de Navidad que sucede en esta época del año, él pensó. Bajo el cielo iluminado por las estrellas brillantes, Santa vio su nombre en el paquete. Emocionado, comenzó a desenvolver su regalo. Todos los renos saltaban de alegría cuando vieron lo que había adentro de la caja.

-¿Es cabello?-, se preguntó. -No, ¡es una barba!, ¡esto es maravilloso!, ¡voy a tener una barba para Navidad! ¡Jo, jo, jo!, ¡qué feliz, feliz Navidad!-. Santa gritó alegremente desde lo alto de la azotea. Cuando Santa se puso su falsa barba, él encontró una carta en el fondo de la caja y la leyó:

Querido Santa,

Espero que encuentres este regalo útil durante la temporada navideña. El pelo en esta barba es todo tuyo. Por favor diles a tus ayudantes que es posible ... recibir pelo para la ...

... Baldy,
Polo Norte

Querido Santa,

Yo espero que este regalo te sea útil durante la temporada navideña. El pelo de esta barba es todo tuyo. Por favor diles a tus ayudantes que es posible envolver y recibir pelo en la Navidad. Feliz Navidad.

Baldy, el barbero del Polo Norte.

Esta vez fue un Santa muy feliz el que bajó la siguiente chimenea. Cuando terminó de llenar los calcetines y de colocar los regalos alrededor del árbol, oyó una risita disimulada y luego una risa tonta:

-Hola Santa, soy yo-, dijo la risueña voz.

-Hola Moriah, Feliz Navidad, yo sé que has sido una buena niña-, sonrió Santa.

La pequeña niña se acercó y tocó la barba de Santa, le dio un beso y entonces sonriendo corrió a las escaleras.

-Buenas noches-, ella gritó felizmente.

-¡Jo, jo, jo!- Santa rió, -¡Y qué feliz Navidad ésta es!-.

Durante toda la noche, en todos los países del mundo, los niños se asomaron por detrás de las sillas, escaleras y por todas partes y supieron que el verdadero Santa los había visitado. De lo que nunca se dieron cuenta fue que ésta era una Navidad en la que Santa no tenía barba.

Y así los niños de todos lados deben tomar en cuenta este consejo: Cuando vean a Santa Claus y piensen que su barba no puede ser real, recuerden que puede ser el verdadero Santa Claus que ha recibido otra rasurada de Baldy, el barbero del Polo Norte.

FIN